Leopold Dippel

Das Mikroskop und die häusliche Mikroskopie

Antigonos

Leopold Dippel

Das Mikroskop und die häusliche Mikroskopie

Unveränderter Nachdruck der Originalausgabe von 1868.

1. Auflage 2024 | ISBN: 978-3-38613-940-3

Antigonos Verlag ist ein Imprint der Outlook Verlagsgesellschaft mbH.

Verlag: Outlook Verlag GmbH, Zeilweg 44, 60439 Frankfurt, Deutschland, info@outlook-verlag.de
Vertretungsberechtigt: E. Roepke, Zeilweg 44, 60439 Frankfurt, Deutschland
Druck: Libri Plureos GmbH, Friedensallee 273, 22763 Hamburg, Deutschland

Populär-Naturwissenschaftliche

Vorträge

über

neuere Forschungen.

Viertes Heft.

DAS MIKROSKOP,

von

Dr. Dippel.

Kreuznach,

R. VOIGTLÄNDER.

1858.

Das Mikroskop

und

die häusliche Mikroskopie.

Von

Dr. Dippel.

Kreuznach,

R. VOIGTLÄNDER.

1868.

Das Mikroskop
und die häusliche Mikroskopie.

„Der Gesichtssinn ist der Weltsinn!" sagt irgend einer unserer Philosophen an irgend einer Stelle. Und gewiss liegt in diesem Ausspruche eine nicht zu bestreitende Wahrheit. Es gibt in der That keinen andern Sinn, dem wir so viele Elemente von der Kenntniss der uns umgebenden Körperwelt verdanken, wie dem Gesichtssinne. Halten wir Einkehr in dem Gebiete unserer Vorstellungen, so werden wir finden, dass die unendlich grössere Anzahl derselben ihre Grundlagen der Thätigkeit des Auges verdankt, und dass selbst ein bedeutender Theil jener Eindrücke, welche wir vermittelst anderer Sinne unmittelbar aufgenommen haben, durch parallel gehende des Gesichtssinnes rectifizirt und vervollständigt wird.

Schon die Alten haben diese Wahrheit erkannt, wie das ein allbekannter Ausspruch des Seneca beweist (Oculus ad vitam nihil facit, ad vitam beatam nihil magis). Aber sie hatten sich auch ebensowohl überzeugt von der Unzulänglichkeit unseres Sinnes in allen den Fällen, wo es galt, die weitesten Fernen des Himmelsgewölbes zu durchdringen, oder die geheimsten Werkstätten der Natur dem menschlichen Wissen zu erschliessen. Und so dürfen wir denn zuversichtlich annehmen, dass sie nach Mitteln gesucht, um diese Beschränkung unserer körperlichen Organisation aufzuheben und, soweit es in dem Bereiche der Möglichkeit lag, dem Auge zu Hilfe zu kommen. Was zunächst das Gebiet des Lebens im kleinsten Raume betrifft, dessen Kenntniss durch das Mikroskop vermittelt wird, so scheint es unzweifelhaft, dass man sich schon bei den Culturvölkern vorchristlicher Zeit der vergrössernden Kraft

entweder geschliffener Steine und Gläser, oder kugeliger mit Wasser gefüllter Hohlgefässe bedient habe, um das Auge zu bewaffnen.

Zwar werden unmittelbar hierauf bezügliche Stellen einzelner Schriftsteller, wie des Plautus: „Cedo vitrum necesse est, conspicillo uti" vor dem Forum der classischen Philologie als unecht und untergeschoben erklärt; aber es geht aus anderen und unbezweifelten Stellen hervor, dass schon die alten Griechen die Ablenkung der Lichtstrahlen beim Uebergange aus dünneren in dichtere Mittel und umgekehrt beobachtet hatten, und dass ihnen die durch wassergefüllte Glaskugeln bewirkte Vergrösserung von hinter diesen befindlichen Gegenständen bekannt war. Sollten dieselben etwa von solchen Erfahrungen keinen praktischen Gebrauch zu machen gewusst haben? Wer das Geistesleben dieses Volkes kennt, wird kaum daran zweifeln mögen. Ausserdem beweisen zahlreiche uns überlieferte griechische Kunstarbeiten, dass man Stein nnd Glas kugelig und linsenförmig zu schleifen wusste, und es lässt die Ausführung der zahlreichen kleinen, in Stein und anderes Material geschnittenen bildlichen Darstellungen vermuthen, dass dieselben damals ebensowenig wie heute ohne Beihilfe vergrössernder Mittel haben zu Wege gebracht werden können.

In Bezug auf die Römer liefern die Schriften des Plinius mehrfach den Beweis, dass sie mit dem Gebrauche von Stein- und Glaslinsen vertraut waren. Beobachtete doch schon der kurzsichtige Nero die von ihm veranstalteten Kampfspiele mittelst einer aus Smaragd geschliffenen Linse.

Mit dem Verfalle der politischen Macht der alten Culturvölker ging indessen auch das wissenschaftliche Leben und Streben in dem allgemeinen Sumpfe geistiger Versunkenheit unter. Und ragten auch einzelne bevorzugte Männer über das Chaos der Verwilderung hervor, so ist von deren geistigem Thun und Treiben doch nur ein so kleiner Bruchtheil zu unserer Kenntniss gelangt, dass derselbe über die Anwendung des Vergrösserungsglases zur Erforschung der organischen Natur nicht einmal eine Vermuthung gestattet, und in dieser Beziehung lange Zeiträume des Alterthums in undurchdringliches Dunkel gehüllt bleiben.

Erst nach Verlauf mehrerer Jahrhunderte begegnen wir wieder sichern Nachrichten über den Gebrauch einfacher, planconvexer Linsen als Vergrösserungsgläser. Natürlich finden wir die Kunst der Herstellung solcher Linsen, wie deren Verwendung zuerst bei den Arabern, als dem Volke wieder, welches in den ersten Zeiten des Mittelalters vorzugsweise als Träger der geistigen Kultur erscheint. In den Schriften des arabischen Arztes Alhazen Ben Alhazen, welcher um das Jahr 1100 unserer Zeitrechnung lebte, sind zuerst die Erscheinungen erwähnt, welche durch vergrössernde Linsen hervorgerufen werden.

Von den Arabern ging die Kunst des Linsenschleifens auf die geistlichen Orden über, denen bekanntlich während des ganzen Mittelalters die Pflege der Wissenschaft überlassen war. So treffen wir denn jene Kunst, wie die Bekanntschaft mit der Anwendung des Vergrösserungsglases im christlichen Europa zuerst bei einem Mönche, der in seinem Wissen von der Natur über seine rohe und unwissende Umgebung allerdings in solchem Masse hervorragte, dass er dem Loose, welches in jenen dunklen Zeiten allen hervorragenden Geistern zu Theil wurde, nicht entgehen konnte und der Zauberei beschuldigt sein Leben im Kerker beschliessen musste. Ich meine Roger Bacon, von dem uns Record in seinem 1551 erschienenen „Weg zur Wissenschaft" berichtet, dass er während seines Aufenthaltes in Oxford ein Glas geschliffen habe, welches so merkwürdige Dinge zeigte, dass man allgemein geneigt war, seine Wirkung einer gewissen Macht des Teufels zuzuschreiben.

Ob diese Bacon'schen Linsen aus homogenen oder aus hohlen, mit Wasser gefüllten Glaskugeln bestanden, oder ob sie den planconvexen Linsen des Ben Albazen nachgebildet waren, lässt sich mit Bestimmtheit nicht ermitteln. Soviel aber steht fest, dass man kurz nach Bacon's Zeit fast nur einfache doppelt convexe Linsen als Vergrösserungsgläser benutzte.

Noch war indessen die Zeit nicht gekommen, wo das Vergrösserungsglas dazu dienen sollte, den Schleier zu lüften, welchen die Natur über die geheimsten Werkstätten ihres Schaffens gebreitet. Man gebrauchte das Mikroskop, welchem man die mannig-

4

fachsten und wunderlichsten, oft kaum wiederzugebenden Namen
beilegte, fast nur als Spielerei und als Mittel zur Belustigung.
Lange Jahrhunderte mussten vergehen, ehe die Namen eines Robert
Hooke, Lewenhoek, Malpighi und Grew in den Annalen der mikroskopischen Forschungen erschienen. Lewenhoek bediente sich bei
seinen Forschungen ausschliesslich der einfachen Linsen, deren Vergrösserungen er allerdings bis auf das mehrhundertfache zu steigern
wusste. Und dennoch beobachtet derselbe so manches und dieses
so genau, dass wir selbst heute noch seinen Arbeiten auf dem von
ihm vorzugsweise bebauten Gebiet der thierischen Gewebelehre
unsere Bewunderung zollen müssen. Wohl in Eolge der gross-
artigen, die damalige wissenschaftliche Welt in Erstaunen setzenden
Entdeckungen dieses Mannes blieb denn auch das einfache Mikroskop bis auf Lieberkühn und in den Anfang unseres Jahrhunderts das Schooskind wissenschaftlicher Forscher, obgleich das
zusammengesetzte Mikroskop, welches endlich doch den Sieg davon-
tragen sollte und musste, schon lange erfunden und sogar von anderen der obengenannten Gelehrten zu ihren wissenschaftlichen Forschungen benutzt worden war.

Wie dies bei neuen Entdeckungen und Erfindungen so häufig
der Fall ist, so bemächtigte sich auch die Sage der Erfindung des
zusammengesetzten Mikroskops. Nach einer solchen soll diese gemacht worden sein, indem die mit geschliffenen Gläsern spielenden
Kinder eines Brillenschleifers — die Kunst des Brillenschleifens
wurde schon zu Zeiten Bacon's von dem Mönche Alexander de
Spina geübt — diese in einiger Entfernung senkrecht übereinander
hielten. Und hält man diese Sage mit der Kenntniss von dem
Lebensberufe der ersten Erbauer unseres Instrumentes zusammen,
so scheint dieselbe allerdings nicht so ganz unbegründet und wir
zu der Annahme berechtigt zu sein, dass diese wichtige Erfindung
mehr einem glücklichen Zufalle, als tiefsinnigen, mathematisch-
optischen Betrachtungen zu verdanken sei.

Bekanntlich streiten sich zwei Völkerstämme, Holländer
und Italiener, um die Ehre der Erfindung des zusammengesetzten
Mikroskopes; und die einen wie die andern schreiben sie ver-

schiedenen Personen zu. Bei den Italienern werden Fontana und der Erfinder des Fernrohres Galileo Galilei, bei den Holländern der kgl. britische Hofmathematiker Drebbel und die beiden Middelburger Brillenschleifer, Hans und Zacharias Janssen, Vater und Sohn, als Erfinder genannt. Nach allem, was eine unpartheiische Würdigung der historischen Nachrichten an die Hand gibt, bleiben in diesem Ehrenstreite die Holländer und unter diesen die beiden einfachen Handwerker dem gelehrten Hofmathematikus gegenüber Sieger. Die beiden Janssen fertigten unzweifelhaft am Ende des 16. Jahrhunderts das erste zusammengesetzte Mikroskop an, welches in die Hände des Prinzen Moritz von Oranien kam und durch seine stattliche Ausführung Beweis von der nicht geringen Kunstfertigkeit seiner Erbauer ablegte. Das 1½ Fuss lange, 2 Zoll dicke Rohr bestand, wie uns berichtet wird, aus vergoldetem Messing, wurde von drei Delphinen aus demselben Metalle getragen und ruhte auf einem Fusse von Ebenholz, der zugleich dazu diente, die zu betrachtenden Objekte aufzunehmen. Eine Beleuchtungsvorrichtung scheint ihm also gefehlt zu haben; und auch sein optischer Apparat war jedenfalls noch sehr einfach. Er bestand wahrscheinlich aus zwei doppelt convexen Linsen, von denen die eine als Objektiv, die andere als Okular gebraucht wurde, und die zusammen wohl eine nach unsern heutigen Begriffen ziemlich unbedeutende Vergrösserung lieferten.

Damit war indessen die Grundlage für das Instrument gewonnen, welches in unserm Jahrhunderte der Wissenchaft zu ihren grössten Triumphen verhelfen sollte. Wunderbarer Weise aber fand dasselbe vorerst nur wenig Anerkennung und Beachtung. Noch war der Blick der meisten Forscher den weiten Himmelsfernen zugewendet, welche die fast gleichzeitige Erfindung des Fernrohres dem Menschenauge erschlossen hatte. Nur von einem einzigen Manne, von dem Römer Stelluti besitzen wir aus dieser ersten Zeit eine Arbeit über den Bau einiger Theile der Honigbiene. Erst in der letzten Hälfte des 17. Jahrhunderts erschien Robert Hooke's Mikrographie, ein stattliches, mit 38 Tafeln ausgestattetes Werk, welches zu den Wundern des Tages gezählt wurde.

Ein Mangel des zusammengesetzten Mikroskopes in der ältesten Form, wie es sich auch noch — von ihm selbst erbaut — in den Händen Hookes befand, musste bald gefühlt und erkannt werden, der nämlich, dass es nur die Beobachtung bei auffallendem Lichte gestattete, während gerade die Anwendung von durchgehendem Lichte zur Aufhellung der feineren Strukturverhältnisse organischer Körper von so bedeutender Wichtigkeit wird. Die nächsten Verbesserungen des Instrumentes wurden denn auch nach dieser Seite hin unternommen. Schon um das Jahr 1680 construirten Tortona und Bonnanus zusammengesetzte Mikroskope, welche gegen das Tageslicht oder eine künstliche, durch Sammellinsen verstärkte Lichtquelle gewendet wurden und so die Durchleuchtung passend hergerichteter Präparate möglich machten. Die in unseren Tagen gebräuchliche Beleuchtungsweise mittelst von einem Spiegel reflektirten Lichtes wurde am Anfange des 18. Jahrhunderts zuerst von unserem Landsmanne Hertel aus Halle in Anwendung gebracht und bald von deutschen wie von ausländischen Optikern nachgeahmt.

So treffen wir denn in der ersten Hälfte des genannten Zeitraumes Instrumente, welche in ihrem Baue einigermassen ein Urbild unseres heutigen zusammengesetzten Mikroskopes repräsentiren. Wurde auch jetzt noch immer das einfache Mikroskop von Seiten der meisten Forscher dem zusammengesetzten vorgezogen, so gewann letzteres doch nach und nach mehr Freunde, und die praktischen Optiker bestrebten sich mehr und mehr um die Vervollkommnung seines Mechanismus, wie um die Erhöhung seiner optischen Leistungsfähigkeit. Das bei dem Fernrohre eingeführte Achromatisiren der Objektivlinsen trug auch für das Mikroskop seine Früchte, und schon gegen das Ende des 18. Jahrhunderts sehen wir im Gefolge hiervon und in Folge der Mahnungen einsichtsvoller Physiker, wie Euler's u. A., Versuche zur Achromatisirung der Objektivlinsen auftreten, die von solchen Erfolgen gekrönt waren, dass die zusammengesetzten Mikroskope, wie sie aus den Händen Delabarres, Hoffmann's aus Hannover und van Deyls in Amsterdam hervorgingen, sich in Bezug auf ihre Leistungs-

fähigkeit recht wohl mit den einfachen Mikroskopen damaliger Zeit messen konnten.

Der volle Sieg des zusammengesetzten Mikroskopes war indessen unserem Jahrhunderte vorbehalten. Die Namen Selligue, Chevallier, Amici, Frauenhofer, bezeichnen die erste Periode des raschen Aufschwunges, der durch die Correktur der sphärischen und chromatischen Abweichung herbeigeführt wurde. Ihnen folgen in gleichen Bahnen Oberhæuser, Schiek, Plössl, Nobert u. A., und in neuester Zeit unsere Landsleute Kellner, Hartnak, Zeiss, Belthle, Schröder, Merz u. A., sowie die Ausländer Nachet, Ross, Smith, Beck, Lealand, u. s. w., welche in rastlosem Eifer den mechanischen und namentlich den optischen Apparat derart vervollkommnet haben, dass wir gegenwärtig Strukturverhältnisse zu erspähen im Stande sind, von deren Vorhandensein wir vor 20—25 Jahren keine Ahnung hatten.

Mit den stärkeren Vergrösserungen unserer bessern neueren Instrumente, wie sie aus den Werkstätten der letztgenannten deutschen und ausländischen Optiker hervorgehen, sind wir z. B. im Stande, Linien die nur um etwa 3 Zehntausendtheile eines Millimeters von einander entfernt stehen, und wie sie die Natur auf den Kieseischalen der sogen. Diatomeen gezeichnet, Nobert aber mit einer Reinheit und Gleichmässigkeit, die unsere grösste Bewunderung verdient, künstlich auf Glas gezogen hat, als deutlich getrennt zu unterscheiden, ja die ersteren als aus kleinen bestimmt geformten Erhabenheiten oder Vertiefungen zusammengesetzt zu erkennen.

Gehen wir jetzt zur näheren Betrachtung des Mikroskopes über, so müssen wir uns zunächst darüber klar zu werden suchen, in welcher Weise dasselbe dem Auge eine Unterstützung zu gewähren im Stande ist. Dieses vermögen wir aber am besten, wenn wir unmittelbar an die Erfahrungen anknüpfen, welche uns das Sehen unter gewöhnlichen Umständen gewährt. Versetzen wir uns zu dem Ende in eine weite Ebene, die in der Ferne von einem blauem Gebirgszuge begrenzt wird. Von diesem springe z. B.

als Ziel unserer Wanderung ein schroffer, sichtbar über seine nächste Berggenossen sich erhebender Kegel vor. Vorerst zeichnet sich nur dessen gerundete Spitze deutlich von dem Horizont ab; wir wandern weiter und über dieser ragt es hervor wie eine feine Nadelspitze. Dann so wie wir näher und näher rücken, nimmt die Nadelspitze die Form eines Grenzsteines an, und deutlicher und deutlicher, sich höher und höher gegen den Himmel emporreckend treten uns nach und nach die Umrisse einer thurmartigen Warte entgegen, von der aus wir noch heute das Schauspiel des Sonnenunterganges geniessen wollen. Jetzt am Fusse des Bergkegels angelangt vermögen wir schon die einzelnen Fenster und Zinnen, über das Mauerwerk zerstreute graue, gelbe und grüne Flecken zu unterscheiden. Endlich nach einem rüstig ausgeführten Aufstieg vor der alten Warte angelangt, können wir die einzelnen rauh behauenen Mauersteine und ihre Fügung, können wir die auf und zwischen ihnen angesiedelten grauen und gelben Flechten wie die grünen Moose und Farnkrautbüschchen, die in die Steine eingegrabenen Namenszüge unterscheiden. Je näher also ein Gegenstand unserem Auge kommt, desto grösser wird derselbe, desto mehr Einzelheiten können wir an demselben wahrnehmen, desto deutlicher werden diese. Diese Verhältnisse treten ein in dem Maasse, als der *Sehwinkel* genannte Winkel, der für die Sichtbarkeit eines Körpers überhaupt nicht unter 2 Minuten hinabsinken darf, grösser wird, den die von den Endpunkten eines Objektes aus durch den sogen. optischen Mittelpunkt unseres Auges gezogenen Linien bilden. Von dieser Erfahrung — und bleibt sie uns auch zunächst meist unbewust — machen wir hundert und aberhundertmal Gebrauch, indem wir kleine Gegenstände dem Auge um so näher bringen, als wir dieselben in ihren Einzelheiten deutlicher zu erkennen wünschen. Doch hier gelangen wir vermöge der Einrichtung unseres Sehorganes, das sich nur einer bestimmten Entfernung (8 Zoll) in der Nähe einzubequemen im Stande ist, welche man als Nähepunkt bezeichnet, bald an eine Grenze, über welche wir nicht hinausgehen dürfen, ohne dass das Netzhautbildchen, welches von dem Sehnerven aufgenommen, durch ihn dem Gehirne übermittelt

wird und dann der seelischen Thätigkeit der produktiven Einbildungskraft anheimfällt, an Deutlichkeit leidet. Wollen wir in noch grösserer Nähe deutlich sein, so müssen wir ein nach bestimmten Gesetzen linsenförmig geschliffenes, die Lichtstrahlen in bestimmter Weise brechendes Glas zwischen unser Auge und den zu betrachtenden Gegenstand bringen. Wir haben darin das einfache Mikroskop, auch Lupe genannt, dessen Wirkung eben darin besteht, dass wir mittelst seiner Hilfe in einer solchen Nähe deutlich sehen können, in der es uns anders unmöglich sein würde.

Etwas anders gestaltet sich die Wirkungsweise des zusammengesetzten Mikroskopes. Hier verbindet sich die vergrössernde Kraft des einfachen Mikroskopes mit der Wirkung der gewöhnlichen Camera obscura, die als Spielzeug wie als photographischer Apparat hinreichend bekannt ist. Wie in dieser letztern durch die in dem vordern Rohre eingesetzte Linse von vor derselben befindlichen entfernten Gegenständen ein verkleinertes, verkehrtes, wirkliches Bild erzeugt wird, welches auf einer matten Glastafel oder dgl. aufgefangen werden kann, so entsteht innerhalb der innen geschwärzten Röhre des zusammengesetzten Mikroskopes von einem kleinen Objekte, welches sich nahe vor der *Objektivlinse*, aber noch ausserhalb ihres Brennpunktes befindet, ein reelles, verkehrtes und vergrössertes Bild, das mittelst des hier *Okular* genannten einfachen Mikroskopes wie jedes andere Objekt betrachtet und durch dasselbe, ohne Aenderung seiner verkehrten Lage, nochmals vergrössert wird.

Natürlich würden die auf solche Weise erzeugten mikroskopischen (Schein-) Bilder wegen der abweichenden Ablenkung, welche die von verschiedenen Punkten des Objektes ausgehende Strahlenbündel an den verschieden stark gekrümmten Ringzonen der Mitte und des Randes der Linsen erleiden, sowie in Folge der verschiedenen Brechbarkeit der einfachen farbigen Lichtstrahlen, die namentlich bei stärkerer Krümmung störend hervortritt, sowohl in Bezug auf die Schärfe ihrer Umrisse und die relativen Grössenverhältnissen ihrer einzelnen Theile, als in Bezug auf die prismatische Färbung ihrer Ränder an bedeutenden Mängeln leiden. Daher werden Oku-

lare, wie Objektivlinsen aus sogenannten achromatischen, bei den letzteren oft aus nicht weniger als 7—8, theils aus Kronglas, theils aus Flintglas geschliffenen Einzellinsen bestehenden Linsenverbindungen hergestellt, welche eine äusserst sorgsame und zeitraubende Ausführung verlangen. Von diesen beiden Theilen des optischen Apparates sind namentlich die Objektivlinsen oder *Objektivsysteme* für die Resultate, welche sich vermittelst eines bestimmten Instrumentes erzielen lassen, von der höchsten Bedeutung. Und so ist es denn auch ihre, im Laufe der letzten Jahrzehnte mehr und mehr gesteigerte Vollkommenheit, welcher die hohe Leistungsfähigkeit der besseren heutigen Mikroskope zu danken ist.

Okular- und Objektivsysteme, welche für irgend umfänglicheren und namentlich wissenschaftlichen Gebrauch des Mikroskopes in Mehrzahl vorhanden sein müssen, um eben verschiedene, den betreffenden Beobachtungsgegenständen angepasste, vom 20—mehrhundertfachen des Durchmessers reichende Vergrösserungen erzielen zu können, werden von dem schon erwähnten, die dunkle Kammer repräsentirenden *Rohre* aufgenommen, letztere an dem untern Ende festgeschraubt, erstere einfach in die obere weite Oeffnung cingeschoben. Ein horizontaler Arm, der verschiedentlich geformt sein kann, verbindet das Rohr mit dem übrigen, auf einem möglichst breiten, schweren und feststehenden *Fusse* ruhenden Körper des Mikroskopes, welcher den die Präparate aufnehmenden *Objekttisch* und den in der Regel aus Hohl- und Planspiegel bestehenden *Beleuchtungsapparat* trägt und eine Vorrichtung enthält, um Objektivsystem und Gegenstand von einander entfernen, oder einander nähern, d. h. das erstere auf die letzteren genau einstellen zu können. Diese *Einstellungsvorrichtung* ist je nach der Vortrefflichkeit des ganzen Instrumentes eine einfachere z. B. durch das Auf- und Abschieben des Rohres zu bewirkende, oder es tritt neben diese noch eine complizirtere, feinere, durch genau gearbeitete Mikrometerschrauben vermittelte hinzu. Wie dem aber auch sei, sie gehört neben der Vollkommenheit des optischen Apparates, der natürlich die Hauptrücksicht verlangt, zu den unnachsichtlichen Erfordernissen eines guten und brauchbaren Instrumentes.

Von der unendlich grossen Bedeutung des zusammengesetzten Mikroskopes für die Kenntniss des feineren Baues der einzelnen Elementartheile, Gewebe und Organe der Thier- und Pflanzenkörper, für die Fortschritte der neueren Heilkunde, für die gerichtliche Medicin- und Gesundheitspolizei, für das gedeihliche Studium der Land- und Forstwirthschaft zu sprechen will ich unterlassen. Es würde dies, wenn ich einigermassen eingehend sein wollte, eine weit umfänglichere Darstellung erfordern, als mir für unseren Zweck gestattet ist. Ich will zunächst nur die Anwendbarkeit unseres Instrumentes für einige solcher Untersuchungen näher beleuchten, die uns täglich im eigenen Haushalte vorkommen können. Da diese aber zum grössten Theile eine gewisse Bekanntschaft mit dem mikroskopischen Baue des Pflanzenkörpers voraussetzen, so mögen einige kurze Andeutungen über diesen den Darstellungen aus der häuslich-technischen Mikroskopie vorausgehen.

***

Entnimmt man von irgend einem Pflanzentheile, z. B. von dem zarten Stengel eines Mooses, von dem Zweige eines unserer Waldbäume mittelst eines recht scharfen Messers einen so dünnen Querschnitt, dass derselbe für das Licht vollständig durchdringbar, also durchsichtig wird, so zeigt uns das Mikroskop ein zartes feinmaschiges Strickwerk, welches nicht geringe Aehnlichkeit mit einer zierlichen Häkel- oder Frivolitätenarbeit hat. Die einzelnen Maschen dieses Strickwerkes, welche mehr gleichartig, oder verschieden geformt sein können, werden von Querdurchschnitten der Elementarbestandtheile des Pflanzenkörpers gebildet, welche man mit dem Namen *Zellen* bezeichnet. Jede Pflanze, sei es die ihre prächtige Krone über die üppigen Gestalten des tropischen Urwaldes erhebende Palme, oder die mächtige deutsche Eiche, sei es das kleine zierliche Moos oder das grüne, unscheinbare Stäubchen, welches auf feuchten Brettern und Mauern seine Wohnung aufgeschlagen hat, geht aus einer einzigen Zelle, der *Keimzelle,* hervor, besteht im ausgebildeten Zustande aus Zellen,

welche unter verschiedenen Verhältnissen allerdings verschiedene Formen annehmen können.

In ihrer ursprünglichen, zugleich einfachsten Gestalt bildet die Pflanzenzelle ein mehr oder minder kugelähnliches Säckchen, dessen zarte, aus Eiweisskörpern aufgebaute Umhüllung die *Zellhaut* zunächst einen zähflüssigen, feinkörnigen, bildungsfähigen, eiweisshaltigen Wandbeleg das *Protoplasma* sammt dem in dasselbe eingebetteten *Zellkern*, dann den im Mittelraume befindlichen wässrigen, Zucker, organische Säuren und Salze u. s. w. gelöst enthalten den *Zellsaft* umschliesst. Im weiteren Ablaufe seines Lebens umgibt sich dieses Säckchen, indem es damit zur Dauerzelle wird, die weiterer Vermehrung fähig ist, mit einer festeren Kapsel, welche von dem aus den 3 Elementen Kohlenstoff, Wasserstoff und Sauerstoff bestehenden Zellstoffe gebildet wird und füglich den Namen *Zellstoffhülle* oder schlechtweg *Zellhülle* führen mag.

Aber auf dieser Stufe der Ausbildung bleibt die Zelle meistens nicht stehen. Die Ernährung und das Wachsthum derselben bedingen mancherlei Veränderungen. Zunächst macht sich das Wachsthum dahin geltend, dass es den Umfang der Zelle verändert und vergrössert. Dicht an einander gedrängte, allseitig sich gleichmässig ausdehnende Zellen platten sich durch gegenseitigen Druck ihrer Wände ab und erscheinen in Folge dessen in Form von unregelmässigen Bienenzellen, oder im Durchschnitt als vielseitige Maschen. Ungleichmässig, d. h. sich nur an einzelnen über die ganze Oberfläche zerstreuten Stellen ausdehnende Zellen erhalten Vorsprünge, welche die zierlichsten, bald regelmässig sternförmige, bald mehr unregelmässig, oft ganz wunderlich gestaltete Formen zu Tage treten lassen. Manche Zellen werden zu Platten, indem das Wachsthum nach einer Seite des Raumes zurückbleibt, andere dehnen sich durch vorwaltendes Wachsthum in der Längsachse nach dieser aus und werden zu mehr oder minder langen Cylindern oder mehrseitigen, oft zugespitzten Prismen, ja wenn die Längenausdehnung noch weiter fortschreitet, zu spindel- und fadenförmigen Fasern.

Zu all diesen Formenänderungen tritt noch ein zweites Moment der Ernährung, die Verdickung der Zellstoffhülle hinzu. Nur

in seltenen Fällen finden wir die Zelle nur von der zuerst abge- schiedenen, sogenannten *primären* Zellhülle umkleidet. Meistens lagern sich auf deren Innenseite über der Zellhaut abgeschiedene weitere Zellstoffschichten, die *Verdickungsschichten* ab. Diese bil- den indessen niemals zusammenhängende Blätter, sondern sie er- scheinen in der mannigfachsten Weise unterbrochen. Bald ver- breiten sich dieselben nur über einen kleinen Theil der Zellfläche und bilden mehr oder minder von einander abstehende horizontale oder geneigte *Ringe*, einfache oder mehrfache (9—10fache) *Spiral- bänder* oder *Netzmaschen*, bald treten in denselben, indem sie fast die ganze Zelloberfläche einnehmen, nur spalten- bis kreisförmige, am Grunde mehr oder minder erweiterte Löcher, die *Poren*, auf. Man bezeichnet die Zellen in Folge dieser Strukturverhältnisse als *Ring-Spiral-Netzfaser-* oder *poröse* (getüpfelte) Zellen.

Diese Strukturverhältnisse der Zellhülle zusammengenommen und im Vereine mit dem Stellungsverhältniss der Zellen geben die Grundlagen für die Eintheilung der Pflanzenzellen in verschiedenen Formen ab. Man unterscheidet demgemäss *Parenchymzellen*, *Faserzellen* und *Röhrenzellen*.

Erstere sind entweder von allseitig mehr gleicher räumlicher Ausdehnung und dann rundlich, polyedrisch u. s. w., oder es er- scheinen dieselben tafelförmig und langgestreckt prismatisch, je nachdem eine der drei räumlichen Dimensionen hinter den andern beiden zurückbleibt oder gegen sie überwiegt. Sie können schwächer oder stärker und in allen den genannten Modificationen verdickt sein, obwohl die poröse Form am häufigsten erscheint. Die Faserzellen sind immer bedeutend in die Länge gestreckt, spindel- bis faden- förmig, in der Regel stark und sehr stark verdickt, porös, seltener porös mit zwischen den Poren vorlaufendem Spiralband. Die Röh- renzellen endigen entweder horizontal oder schief abgeschnitten, sind verhältnissmässig weit, cylindrisch, und lassen bei einer nur mässigen Verdickung ihrer Zellhülle sämmtliche Verdickungsformen beobachten, zu denen hier noch eine neue, die siebförmig poröse hinzutritt, indem bei grösseren, runden oder länglich runden durch eine feine Haut geschlossenen Poren diese letztere nochmals fein

durchlöchert erscheint. In ihrer mit Auflösung der Querscheide wände verbundenen Verschmelzung zu senkrechten Reihen bilden die Röhrenzellen die sogen. *Gefässe* der Pflanzen.

Die Keimzelle erzeugt durch Zelltheilung neue Zellen, und es setzt sich von diesen Tochterzellen aus die Zellvermehrung in gleicher Weise fort. Die so erzeugten, sich in den geschilderten Weisen ausbildenden Zellen treten dann, durch eine eigenthümliche Kittsubstanz: die *Intercellularsubstanz* untereinander verbunden zu den verschiedenen *Gewebearten* zusammen. Diese können gleichartig oder ungleichartig sein, je nachdem an deren Aufbau nur eine einzige, oder mehrere Zellenarten theilnehmen. Zu den ersteren, die nur aus Parenchymzellen gebildet werden, gehören 1) das meist aus wenig bis mässig verdickten Elementen bestehende, nur seltener einzelne Gruppen oder Reihen stärker verdickter, harter Zellen in sich bergende *Mark-* und *Rindengewebe*, 2) die von den Spaltöffnungen unterbrochene *Oberhaut* der grünen Stengel, der Blattorgane, Früchte und Samen, welche aus dicht aneinander schliessenden, verschieden gestalteten, meist aber einseitig, d. h. nach der Aussenseite hin stärker verdickten, von einer sogen. Cuticula überzogenen Zellen zusammengesetzt wird, und 3) der *Kork*, der meist aus tafelförmigen, eine chemisch eigenthümlich umgewandelte Hülle besitzenden Zellen besteht, der als *gewöhnlicher Kork* bei der Korkeiche, als *Lederkork* bei der Linde und Birke in der Rinde auftritt und bei den perennirenden Gewächsen in zweijährigem bis höherem Alter die Oberhaut ersetzt, als *Borke* aber in den Bast eindringt, diesen zerreisst und so das eigenthümliche Aussehen alter Baumstämme bedingt, wie wir es bei Eichen, Birken, Pappeln u. s. w. beobachten. Zu den ungleichartigen Geweben gehört nur das *Gefässbündel*, das in vollkommen ausgebildetem Zustande aus allen drei Zellenarten zusammengesetzt erscheint und in einen, der Achse des Stammes zugewendeten, aus *Holzfasern*, gestrecktem *Holzparenchym* und *Holzgefässen* bestehenden *Holztheil* und einen von diesem durch das Fortbildungsgewebe oder *Cambium* getrennten, nach der Stammperipherie gewendeten, aus *Bastfasern*, *Bastparenchym* und *Bastgefässen* (Siebröhren) bestehenden *Basttheil*

zerfällt. Die Gefässbündel durchziehen in grösserer oder geringerer Zahl Wurzel, Stamm und Laubblätter und werden durch ein von dem Marke zur Rinde vorlaufendes, aus mauerförmig gestellten Parenchymzellen gebildetes Gewebe, das *Zwischengewebe* (die grossen Markstrahlen) von einander getrennt. Wo das letztere überwiegt, wie bei den Gräsern, Lilien, Palmen, überhaupt bei allen einsamenlappigen Gewächsen u. s. w., da spricht man von zerstreuten Gefässbündeln; wo dieses dagegen an Masse zurücktritt und nur verhältnissmässig schmale Streifen bildet, wie bei der Mehrzahl unserer zweisamenlappigen Kraut- und Holzgewächse, da nennt man die Gefässbündel ringförmige. Beide unterscheiden sich auch in ihrem Wachsthum insofern, als die ersteren nur bis zu einer gewissen Grenze, letztere aber so zu sagen unbegrenzt in die Dicke wachsen. Aus diesem Grunde bezeichnet man jene auch als *geschlossene*, letztere als *fortwachsende* Gefässbündel.

Von allen Gewebearten ist wohl kaum eine ohne bestimmten Nutzen für den Haushalt des Menschen. Die grösste Bedeutung als solches unmittelbar hat das Gefässbündel. Der Holztheil desselben liefert vermöge der festen, starkverdickten, aus einer kohlenstoffreichen Substanz bestehenden Hüllen seiner Zellen und ihrer innigen Aneinanderfügung unsere vorzüglichsten Brennstoffe, die es uns gestatten, mit einem gewissen Behagen dem Grimme des Winters entgegenzugehen, die uns die langen Abende zu so behaglichen umschaffen helfen. Aus ihm bauen wir das Schiff, das uns über das Weltmeer nach den fernsten Ländern trägt, zimmern wir dem Kinde die Wiege, dem Manne das Haus, dem Greise den Sarg. Wo bliebe die Bequemlichkeit, die Traulichkeit unserer Wohnräume, müssten wir des Holzes zu unserer Zimmereinrichtung entbehren. Ja ein ganzes grosses Gebiet unseres Geisteslebens würde sich uns ohne Vorhandensein des Holzes nicht in der Fülle erschlossen haben, wie es uns heute entgegentritt. Ich meine die Musik. Hätten wir wol einen Haydn, Mozart, Beethoven, Mendelsohn ohne unsere Holz-, Blas- und Saiteninstrumente? Der Bast gewährt in seinen langen, stark verdickten, festen und dennoch geschmeidigen und biegsamen Faserzellen das vorzüglichste Material für unsere Ge-

spinnste und Gewebe. Für gröbere Gewebe, für Taue und Flecht-
werke aller Art wird die dickere Hanffaser gebraucht, mittelst derer
werden, wie schon ein alter Spruch so treffend sagt:

„Schiffe gelenkt,
Glocken geschwenkt,
Bettstellen verschränkt,
Diebe gehenkt.“

Zu den feineren Geweben, von dem Stolze der sinnigen Hausfrau,
dem schneeigen Linnen an, bis zu dem Entzücken jeden Frauen-
auges, den prächtigen Spitzen und Kanten liefert die feinere, ge-
schmeidigere Linnenfaser den Stoff. Der Kork ist vermöge der
Elastizität seiner Zellwände und der Leichtigkeit des ganzen Ge-
webes mannigfacher Verwendung fähig.

Das Mark- und Bindengewebe von Wurzel und Stengel, wie
das Gewebe des Frucht- und Samenfleisches werden nicht sowohl durch
ihre Zellen oder vielmehr durch deren Hüllen, als durch deren Inhalt, durch diesen aber für das Leben der Menschen von der
höchsten Bedeutung.

Wie erwähnt, führt die Zelle in ihrer einfachsten Form
einen wässerigen und einen feinkörnigen bildungsfähigen Inhalt.
Aus letzterem baut sich aber nicht nur die Zellhülle mit ihren
Verdickungsschichten auf, sondern er gibt auch im Ablaufe
des Zellenlebens den Inhaltsbestandtheilen ihre Entstehung, welche
sich in älteren Zellen oft in grossen Massen angehäuft finden.
Die prächtigen Farben, welche wir bei den in den verschiedensten
Tönen von Grün gefärbten Blättern, welche wir in dem schönen
Reiche der Blumenwelt bewundern, sie werden in dem Innern der
Zellen gebildet und dort in fester oder flüssiger Form abgelagert.
Die flüchtigen Oele, denen die Blüthen ihre herrlichen Wohlgerüche
verdanken, die bei unseren beliebtesten Parfümerien die duftende
Grundlage bilden, sind gleich den verschiedenen Gummiarten, den
Balsamen und Harzen, gleich den narkotischen Stoffen, denen wir
so manche unserer Genüsse, denen wir häufig die Wiederherstel-
lung unseres krankenden Organismus verdanken sind gleichfalls
Produkte des Zellenlebens. Die für unsern Haushalt mit am wich-

tigsten Substanzen, die fetten Oele, die Gerbstoffe, der Kleber, das Pflanzenkasein und das Stärkemehl, sie alle werden in dem paremphymatischen Gewebe, theils des Markes und der Rinde von Knolle, Wurzel und Stengel, theils der Früchte und Samen erzeugt und aufgespeichert.

Das Stärkemehl namentlich muss uns vor allen andern Stoffen interessiren. Dasselbe erscheint je nach den Pflanzenarten, von denen es herkömmt, in den mannigfachsten Formen, die sich entweder als einfaches um einen bald mittelpunktständigen, bald excentrischen Kern geschichtetess, längliches, linsenförmiges, länglichrundes oder unregelmässig stäbchen- und knochenförmig gestaltetes, oder als zusammengesetztes Korn darstellen. Als Inhalt der Samen unserer Getreidearten liefert es das Mehl zum gröbsten Brode, wie zum feinsten Backwerk; es bildet neben einigen Eiweisskörpern, den Hauptbestandtheil des Reises, Hirsens, unserer Hülsen-, Knollen- und Wurzelfrüchte. Als Inhalt des Markes der Sagobäume und mancher Palmenarten liefert es das Material zur Bereitung des echten Sago. Von einigen andern tropischen Pflanzen entnommen bildet es neben Reis ein Hauptnahrungsmittel der tropischen Völker, erscheint es in unsern Materialhandlungen und Apotheken als Kraftmehl, Arrowroot u. s. w. Alles in Allem genommen tritt das Stärkemehl, wenigstens seiner Menge nach, als der hauptsächlichste Bestandtheil aller unserer vegetabilischen Nahrungsmittel auf.

Nachdem ich so in allerdings nur flüchtigen Umrissen den inneren Bau der Pflanze gezeichnet habe, werde ich mich jetzt auf ein unseren materiellen Interessen näher gelegenes Feld begeben, um darzuthun, in wiefern die gewonnenen Kenntnisse an der Hand des Mikroskopes einer praktischen Verwendung fähig sind.

Beginnen wir zu dem Ende mit der Betrachtung einiger jener Substanzen, in denen das Stärkemehl den Hauptbestandtheil bildet und über deren Beschaffenheit, Reinheit und Unverfälschtheit uns die häusliche Mikroskopie Aufschluss zu ertheilen berufen ist.

18

Das Mehl wird durch das Zermalmen der Samenkörner unserer Getreidearten gewonnen und besteht seiner grössten Masse nach aus den in Folge dieses Prozesses aus den zerrissenen Zellhüllen herausgefallenen und damit frei gewordenen Stärkekörnchen, welche den Inhalt gewisser Zellpartieen jener bilden. Die Bestandtheile, welche sich daher in jeder Mehlsorte in gewissen Verhältnissen vorfinden müssen, vermögen wir am besten kennen zu lernen, wenn wir uns über den Bau der unverletzten Getreidesamen unterrichten. Betrachten wir zu dem Ende den Durchschnitt eines Samenkornes von Weizen, Roggen oder Gerste, so stellen sich uns als äusserste Umhüllung eine bis zwei Reihen stark verdickter, hierauf eine Reihe dünnwändiger weiter, dann mehrere Schichten flachgedrückter, dünnwändiger Zellen dar, welche die Samenschale bilden; diesen folgt eine Lage von etwas gestreckten Zellen, welche einen feinkörnigen, eiweisshaltigen Inhalt, den Kleber, führen und erst innerhalb letzterer treten die sogenannten Kernzellen auf, deren Inhalt aus grösseren und kleineren, rundlichen Stärkekörnern besteht.

Stärkekörnchen von verschiedener Grösse, aber von bestimmter Form, die sich bei Zumischung von Jodwasser blau färben, feinkörniger, in Jodwasser eine gelbe Farbe annehmender Kleber in mehr oder minder bedeutender Menge, je nachdem beim Mahlen ein kleinerer oder grösserer Theil der Kleberzellen entfernt worden ist, Ueberreste isolirter Zellhüllen, grössere oder kleinere Gewebefragmente der Samenschale wie des Kernes werden uns sonach in verchiedenen Verhältnissen vermengt bei der Betrachtung einer beliebigen Mehlsorte entgegentreten. Die letzteren Bestandtheile werden während des Mahlprozesses zum grösseren Theile als Kleie abgeschieden, und es geschieht dies in um so sorgsamerer Weise, je feiner die betreffende Mehlsorte sein soll. Unter dem Mikroskope lässt sich sonach zunächst u. zw. unter Anwendung schwachen Jodwassers das Verhältniss zwischen Stärke und Kleber ermitteln. Dann aber lässt sich auch die Feinheit und Echtheit einer bestimmten Mehlsorte feststellen, denn neben jenen beiden Bestandtheilen dürfen sich nur um so weniger und um so kleinere

Zellhüll- und Gewebefragmente finden, je feiner die letztere sein soll. Die feinsten Mehlsorten enthalten fast nur Spuren von Kleberzellen und Zellfragmenten der Samenschale und des Kernes. Die Stärkekörner sind frei und zeigen die charakteristischen Formen der Zerquetschung, d. h. sie sind grösser geworden, von zahlreichen, radienartigen Sprüngen durchzogen und haben eine grosse trübe innere Höhlung. In mittleren Mehlsorten kommen neben freien Stärkekörnern und vereinzelten Zellen auch 6—8 Zellen umfassende Gewebefragmente des Kernes vor, während die Kleberzellen und Samenschalenfragmente noch verhältnissmässig selten sind. Das grobe Mehl dagegen lässt grosse, oft das ganze Gesichtsfeld einnehmende Gewebefragmente des Kernes und neben diesen eine grössere Menge von Kleberzellen und Zellen der Samenschalen beobachten, während die Stärkekörner noch zum grossen Theil an einander haften. Wol erkennt die erfahrene Hausfrau schon annähernd an dem Aussehen, an der Art und Weise, wie sich das Mehl zwischen den Fingerspitzen anfühlt, u. s. w., ob sie es mit der einen oder der andern Feinheitsstufe zu thun hat. Dennoch bieten diese Kennzeichen nicht volle Sicherheit und namentlich gelingt es dadurch kaum, kleinere Mengen in betrügerischer Absicht beigemengter gröberer Mehlsorten, anderer Stärkearten u. s. w. zu erkennen. Häufig genug werden nämlich dem Mehle unserer Getreidearten die Mehle anderer Pflanzen und andere fremde Substanzen, so dem Weissmehle Kartoffelmehl, Bohnenmehl, Reissmehl und, um ihm eine hellere Farbe zu ertheilen, sogar fein gemahlene, reinweisse Mineralstoffe, dem Schwarzbrod- oder Roggenmehl das Mehl von Gerste, Hafer, Erbsen, Wicken, Saubohnen, ja sogar gemahlener Leinsamen, gemahlene Pfeifenerde, Gypserde, Kreide zugefügt, und eine solche Verfälschung ist dann oft durch das blose Auge kaum oder gar nicht zu erkennen. Ein Blick durch das Mikroskop aber genügt sofort zur sicheren Entscheidung, wenn man sich vorher mit dem mikroskopischen Bilde der echten Mehlsorten, sowie mit den charakteristischen Formen des Stärkemehles der hier in Betracht kommenden Pflanzen sowie der andern fremden Bestandtheile bekannt gemacht hat. Mineralbestandtheile erkennt

man an ihren scharfkantigen Formen, wie an ihrer Undurchsichtigkeit, und die Stärkekörner des Hafers, der Kartoffeln, Linsen, Erbsen u. s. w., unterscheiden sich, wie wir bereits gesehen haben, auf's schärfste von denen des Weizens und Roggens.

Ausser diesen mit Absicht beigemengten fremden Bestandtheilen enthält das Mehl nicht selten auch noch solche Stoffe, welche durch Fahrlässigkeit in der Reinigung des Ausdrusches oder durch schlechte Aufbewahrung hineingerathen sind, und von denen manche aus der Gesundheit nachtheiligen Dingen bestehen. Ich brauche nur an die Verunreinigung durch die Samen von Unkräutern, die Sporen der bei Brand und andern Krankheiten auftretenden Pilze, durch Eier und Maden von Insekten — in dumpfig gewordenen Mehle — zu erinnern. Alle diese fremden und schädlichen Beimengungen, welche unter Umständen dem unbewaffneten Auge oft genug entgehen können, werden durch eine einigermassen sorgfältige Prüfung unter dem Mikroskope unzweifelhaft erkannt.

Noch weniger sicher als bei dem gewöhnlichen Mehle geht das blosse Auge bei der Beurtheilung fremder Stärkesorten und der daraus bereiteten Nährmittel. So wird es oft genug kaum möglich sein aus Kartoffelstärke geschickt nachgemachten Sago von echtem aus der Stärke der Sagopalmen bereiteten ohne Hilfe des Mikroskopes zu unterscheiden. Ebenso müssen wir uns ohne dessen Hilfe beim Ankauf von Arrow-root, dem sogenannten Kraftmehle u. s. w., lediglich anf die Solidität des Verkäufers verlassen, der aber gerade hier nicht selten in derselben Lage ist wie wir, d. h. nicht weiss ob er uns Kartoffelstärke oder die verlangte echte Stärkesorte verabreicht.

Wenden wir uns von den Nahrungsmitteln zu den Genussmitteln, so sind es namentlich die zu den bekannten Aufgüssen dienenden, welche sehr häufig einer Verfälschung anheimfallen. Der Kaffee, welcher, obgleich er ein Kind fremder Himmelsstriche, dennoch zu dem Nationalgetränk der Deutschen geworden ist, und für manche arme Arbeiterfamilie neben Kartoffeln und Brod einen Hauptbestandtheil der täglichen Nahrung ausmacht, hat sich vor

allem der Zuneigung der mischenden Genies zu erfreuen. Die Verunreinigung mit fremden Stoffen kann hier allerdings nur da vollzogen werden, wo der Kaffee in gebranntem und gemahlenem Zustande gekauft wird, eine Sitte, welche in grösseren Städten, wie bei der Arbeiterbevölkerung auch kleinerer Orte leider eine zu grosse Verbreitung gewonnen hat. In welch grossartigem Massstabe aber die Fälschung unter letzteren Umständen betrieben wird, davon hat der Laie keinen Begriff. Es würde die Thatsache wol auch kaum glaublich erscheinen, wenn nicht die gewissenhaftesten Untersuchungen die unumstösslichsten Beweise dafür geliefert hätten. So fand z. B. *Hassal*, dessen Arbeiten in dieser Richtung durch Klencke dem grösseren Publikum zugänglich gemacht wurden, unter 34 der Prüfung unterworfenen Kaffeesorten nur zwei, welche nicht verfälscht waren, während sich in den übrigen Proben je die Hälfte, zwei Drittel, drei Fünftheile, ja sogar drei Viertheile der Masse an fremden Bestandtheilen ergaben. Man mischt dem Kaffee eine Menge von geradezu schädlichen, die Verdauungswerkzeuge angreifenden oder doch von solchen Substanzen bei, welche den Zwecken, denen der beliebte braune Trank zu dienen bestimmt ist, in keiner Weise förderlich sind, dessen Eigenschaften keineswegs vervollkommnen. Bis jetzt sind als Verfälschungsmittel vorzugsweise im Gebrauch: die zerschnittenen, dann gerösteten und gemahlenen Wurzeln der Cichorie, der Möhre, der Runkelrübe, der gleich behandelten Samen der Getreidearten, der Erbsen, Bohnen, Lupinen, Rosskastanien, der Ricinuspflanze, ferner geröstete Kartoffelstärke, gebrannter Zucker, gepulverte Lohe, Sägespähne dunkler Holzarten, ja gar nicht selten dunkel gefärbte Erdarten u. dgl.

Zunächst liegt in einer solchen Verfälschung allerdings nur ein Betrug, der den Geldbeutel trifft und allenfalls sich verschmerzen liesse. Dann aber wird dem ganzen Ernährungsprozesse der ärmeren Volksklassen insofern ein empfindlicher Schaden zugefügt, als gerade die ihnen zugänglichen geringen Sorten einer Beimengung fremder Bestandtheile am häufigsten und im bedeutendsten Massstabe ausgesetzt sind. Endlich birgt diese Mischindustrie oft geradezu ein Verbrechen gegen die Gesundheit, indem

einzelne der fremden Körper bei fortgesetztem Genusse allerlei —
gar nicht selten anzutreffende, wenn auch in ihren Ursachen nicht
allgemein genug erkannte — Krankheitserscheinungen, wie Magen-
weh, Sodbrennen, Gliederschwäche, Verstopfung u. dgl. hervorrufen.
Wir haben also Grund genug, in fein gemahlenem Zustande bezo-
genen Kaffee einer scharfen Prüfung zu unterwerfen. Zwar sind zu
diesem Zwecke verschiedene mechanische und chemische Prüfungs-
Methoden vorgeschlagen worden, durch welche man in einzelnen
Fällen und über einzelne fremde Beimengungen auch ganz befrie-
digende Resultate erlangt. Den sichersten und umfassendsten Aufschluss aber gewährt die mikroskopische Untersuchung. Eine
geringe Menge des trockenen Pulvers oder des Kaffeesatzes genügt
hier schon, um über die Art und das Mengeverhältniss der Verfälschungsmittel eine Uebersicht zu erlangen.

Mineralische Beimengungen, wie Kölnische Erde u. dgl., erkennt
man sofort an ihrer Undurchsichtigkeit. Aber auch die vegetabilischen Zusätze lassen sich leicht herausfinden. Das reine Kaffeemehl enthält natürlich nur die Zell- und Gewebefragmente des
Kaffeesamens, welche theils aus den länglichen, verdickten, mit
spaltenförmigen Poren gezeichneten Zellen der Samenschale, theils aus
den vieleckigen, eigenthümlich verdickten porösen, feinkörnige Ei-
weissstoffe und grössere und kleinere Oeltröpfchen enthaltenden Zellen
des Kernes bestehen. Verfälschtes Kaffeemehl dagegen lässt, je
nach den beigemengten fremden Substanzen nebenbei eine Menge
von Stärkekörnern, von andern Samenfragmenten, von Zellen- und
Gefässrudimenten aus dem Stengel- und Wurzelgewebe der oben
genannten Pflanzen auffinden, die sich, wenn man erst einmal mit
ihrem Aussehen vertraut geworden, leicht bestimmen, sicher aber
von den Bestandtheilen des Mehles der echten Kaffeesamen unterscheiden lassen.

Einem gleichen Schicksal wie der Kaffee verfallen Thee und
Chokolade, und es bietet sich hier der Verfälschung ein recht
weites Feld, weil wir beide Genussmittel in der Regel in einem
Zustande käuflich erwerben, der jener Thor und Thüre öffnet.
Dem grünen Thee werden die, adstringirende Verbindungen enthal-

tenden Blätter anderer Pflanzen, so des Schlehdornes, der Weide, der Rosskastanie, der Mahalebkirsche und Esche, der verschiedenen Ulmenarten, des Weidenröschens u. a., dem schwarzen Thee neben diesen noch zerkleinertes Campescheholz zur dunklen Färbung beigemengt. Die Chokolade ist meist durch nicht geringe Zusätze von verschiedenen Mehlarten, von gerösteten Mandeln, Cacaoschalen, von arabischem Gummi, Dextrin, Perubalsam, Tolubalsam, Storax, von Sägespähnen und Mineralsubstanzen, wie Zinnober, Mennig, Ockererde verunreinigt. Organische wie unorganische Beimengungen lassen sich hier ebenso leicht, wie beim Kaffee auffinden, wenn man sich mit dem Baue des Blattes vom Theestrauche, wie mit den Bestandtheilen der echten Chokolade, die nur aus den Zellen und dem Zellinhalt des Samenfleisches der Cacaobohne und Zucker zusammengesetzt sein soll, bekannt gemacht hat.

Eine dritte Gruppe von Haushaltungsgegenständen, für deren Prüfung auf ihre Echtheit uns das Mikroskop ein unersetzliches Hilfsmittel geworden ist, bilden die Gewebe, die bekanntlich der Verfälschung in solchem Grade unterworfen sind, dass man bei deren Ankauf kaum zu sehr auf der Hut sein kann. Hier hat man denn von dem Mikroskope auch schon lange um desswillen den ausgedehntesten Gebrauch gemacht, weil die Untersuchung neben der Sicherheit ihrer Resultate verhältnissmässig noch leichter ist, wie jene des Mehles, des Kaffees u. s. w., weil sie keine besonders mühsame und geschickte Präparation erfordert und die Unterscheidung der verschiedenen Gespinnstsorten auch dann noch mit vollkommener Sicherheit vollzogen werden kann, wenn die verschiedenartigen Fasern in den einzelnen Fäden auf das innigste unter einander gemischt sind. Hanf- und Leinenfasern, Baumwolle, Wolle und Seide sind ohne grosse Mühe zu erkennen und von einander zu unterscheiden, wenn man von den zu prüfenden Geweben einzelne Fäden aus Kette und Einschlag auszieht, dieselben mittelst der Nadel in ihre einzelnen Fäserchen zerlegt und unter einer 200—400fachen Vergrösserung betrachtet.

Die Bastzellen des Hanfes wie des Leinens bilden lange, cylindrische, an beiden Enden lang zugespitzte Fasern mit stark

verdickter, geschichteter Zellhülle und verhältnissmässig enger Zellhöhlung. Stellenweise erscheinen dieselben nach der Verarbeitung knotig angeschwollen und mit schiefgestellten ringförmigen Rissen durchbrochen. Beide unterscheiden sich von einander bei aller Aehnlichkeit wieder dadurch, dass bei den ersteren der ganze Querdurchmesser grösser, der Hohlraum weiter und die Wand, welche in Folge natürlicher oder durch künstliche Mittel hervorgerufener Zerklüftung häufig in Fäserchen zerfällt, gröber geschichtet ist. Die Baumwollenfaser, bekanntlich ein Haar des Samenschopfes der Baumwollenpflanze, also keine Bastzelle, bildet ein flaches, in grössern oder kleinern Zwischenräumen mehrfach schraubenförmig gedrehtes Band mit verhältnissmässig schwacher Wand und weitem Hohlraum, welches mit den beiden genannten Faserzellen gar nicht verwechselt werden kann und unter dem Mikroskope sofort erkannt wird.

Die verschiedenen Wollhaare, seien sie nun dem Schafe, der Kameel- oder Tibet-Ziege entnommen, bilden walzenförmige Fäden, welche eine verhältnissmässig enge Höhlung besitzen und auf ihrer Oberfläche mit eigenthümlich geformten und angeordneten Schüppchen, dem Haarepithel, bekleidet sind, welche namentlich dann sehr deutlich hervortreten, wenn man auf das Präparat etwas Schwefelsäure einwirken lässt. Die drei Wollsorten unterscheiden sich theils durch die Stärke des Durchmessers der einzelnen Haare, theils durch die Weite des Hohlraumes und einigermassen auch durch die Form und Grösse der Epithelschüppchen. Da die Feinheit der Wollsorten durch die Feinheit und Gleichmässigkeit der einzelnen Haare bedingt wird, so sind durch das Mikroskop auch in dieser Beziehung waltende Unterschiede zu erkennen.

Die Seide, weder eine Faser, noch ein Haar, sondern ein, aus einer homogenen, erhärteten, von der Seidenraupe ausgeschiedenen Masse entstandener Faden, bildet feine, gleichartige, einfache, glatte, etwas glänzende Cylinder, welche sich durch ihre Auflöslichkeit in Schwefelsäure oder Aetzkalilauge auszeichnen. Die beiden Seidensorten, welche man als *Floretseide* und *feine Seide* bezeichnet, unterscheiden sich dadurch von ein-

ander, dass die erstere aus dünneren ungleichmässig dicken, die letztere aus stärkeren gleichmässig dicken Fäden besteht, so dass man also beide Sorten, wenn sie mit einander verwebt vorkommen, leicht von einander zu scheiden im Stande ist.

Ich könnte Ihnen noch eine grosse Anzahl von den Nahrungs-, Genuss- und Reizmitteln entnommenen Beispielen vorführen, zu deren Prüfung das Mikroskop das beste und sicherste Hilfsmittel gewährt; ich könnte Sie ausserdem auf das Gebiet der häuslichen und öffentlichen Gesundheitspolizei hinüberführen, auf dem die verschiedenen vegetabilischen und thierischen Schmarotzer, in neuerer Zeit namentlich aber die Trichinen und vielleicht gewisse mikroskopische Pilze, die Cholerapilze, eine oft so verhängnissvolle Rolle spielen. Ich glaube Ihnen aber schon in den angeführten Beispielen einen hinreichenden Beweis dafür geliefert zu haben, wie das Mikroskop auch in dem gewöhnlichen Leben eine nicht unbedeutende Rolle zu spielen befähigt und berufen ist, und auf einen Streifzug in die Trichino-Mikroskopie verzichte ich um so eher, als diese in den letzten Jahren eine so ausgiebige Erörterung erfahren hat, dass ich nur schon allgemein Bekanntes wiederholen könnte. So scheide ich denn heute von Ihnen mit dem Wunsche, dass es mir gelungen sein möchte, dem Mikroskop eine und die andere Freundin, ein und den andern Freund gewonnen, ihm den Weg in manche Familienstube gebahnt zu haben, wo es, eine ganze Welt neuer Anschauungen eröffnend, mehr als jedes andere ähnliche Instrument im Stande sein dürfte, manche Mussestunde geistbildend zu verkürzen und eine reiche Quelle belehrender Unterhaltung um so eher zu gewähren, als für solche Zwecke ganz brauchbare, mit 3 — 400facher Vergrösserung versehene Instrumente zu dem Preise von 10—15 Thlr. zu erstehen und recht reichlich ausgestattete und belehrende Präparatensammlungen verhältnissmässig recht billig käuflich zu erwerben sind.

Maschinendruck von R. Voigtländer in Kreuznach.